CARACTERES CON ESPACIOS

ExLibric

PEDRO HERRERO

CARACTERES CON ESPACIOS

EXLIBRIC

ANTEQUERA 2023

CARACTERES CON ESPACIOS
© Pedro Herrero
Diseño de portada: Dpto. de Diseño Gráfico Exlibric

Iª edición

© ExLibric, 2023.

Editado por: ExLibric
c/ Cueva de Viera, 2, Local 3
Centro Negocios CADI
29200 Antequera (Málaga)
Teléfono: 952 70 60 04
Fax: 952 84 55 03
Correo electrónico: exlibric@exlibric.com
Internet: www.exlibric.com

ISBN: 978-84-19520-79-1
Depósito Legal: MA 246-2023

Nota de la editorial: ExLibric pertenece a Innovación y Cualificación S. L.

PEDRO HERRERO

CARACTERES CON ESPACIOS

CARACTERES CON ESPACIOS

En lo referente a la novela o el relato, las bases de los concursos literarios suelen pedir la extensión máxima en folios, páginas o cuartillas. Pero cuando se trata de microrrelatos, la extensión se solicita en palabras: cien palabras, doscientas, etcétera. Ello no pretende poner vallas a la dimensión de este género (un género al que algunos no consideran como tal), pero sí que impone una uniformidad que marca tendencias a la hora de abordar el acto creativo. Ocurre igual que en el mundo del boxeo. Un púgil del peso wélter no puede pesar más de 66,678 kilos. Si pesa más, sigue siendo un púgil, pero no puede competir en dicha categoría. Asimismo, un microrrelato puede perfectamente ocupar tres páginas. Sin embargo, a la hora de concursar, habrá que buscar un certamen específico que le dé cabida.

El Microconcurso de la Biblioteca Esteve Paluzie, de Barberà del Vallès (Barcelona), de reconocido prestigio en el ámbito del microrrelato nacional e internacional, establece un máximo de 1.200 caracteres con espacios para los textos que se someten al criterio del jurado. Ello hace imprescindible contar con un ordenador dotado de procesador de textos, capaz de sumar tanto las letras como los espacios que las separan. Este requisito no pilla a nadie por sorpresa, pues quien más quien menos ya usa el PC para componer todo tipo de textos. Pero supone una vuelta de tuerca a la hora de ajustar la dimensión de un relato breve, al que se pide por igual calidad narrativa y concisión argumental.

La singularidad de ese requisito me ha llevado a sacar de su contexto la expresión «caracteres con espacios» y tomarla como pretexto para separar en este pequeño libro los textos en dos capítulos. Uno, «Caracteres», en el que pongo el foco en el personaje de cada historia. Otro, «Espacios», donde dicho peso recae más bien en el entorno o en la circunstancia en la que transcurre la acción. Naturalmente se trata de una selección subjetiva y discutible. Algunos relatos pueden estar en uno u otro lado, dependiendo del punto de vista.

Por lo demás, buena parte de los textos reivindican el tono humorístico que, como es sabido, es uno de los recursos habituales en este formato. Y es verdad que el humor a veces llega a ser incómodo, incluso ofensivo. Si el terror puede matar a los personajes de una historia, el humor los entierra vivos. Pero el humor (eso también lo sabemos) es un buen antídoto contra el desconcierto que a menudo provoca la vida real. La ficción propone un escenario alternativo que invita a reconocernos en las debilidades humanas. Después de todo, los seres humanos también somos caracteres ocupando espacios. Nada mejor, en mi opinión, que hacerlo mediante una sonrisa.

Pedro Herrero
Castellar del Vallès

CARACTERES

«El asceta se negó a entrar en el Paraíso».
Fanatismo, Hellén Ferrero

Afortunado en el juego

Sufriendo lo indecible por amor, aposté una fuerte suma al nueve rojo, convencido de que los dichos populares tienen su razón de ser. Entendí que la única forma de conjurar el mal de amores era jugarme el todo por el todo, y contuve la respiración mientras la bola discurría por el borde interior de la ruleta y descendía hasta el centro, por efecto de la inercia, conforme el giro perdía velocidad. Entonces, sonó el teléfono móvil: eras tú pidiéndome perdón, jurándome amor eterno. Tu voz sonaba más sincera que nunca. La mía también, cuando, al ver dónde cayó la bola, te dije que me olvidaras.

Ante un señor
con traje verde intermitente

Ellas y ellos se han ido colocando en posición de iniciar el desfile, conscientes de la gran expectación que les rodea. Saben que el atuendo que lucen, así como su propia belleza corporal (que tanto les cuesta mantener) son reclamos que no constituyen en sí mismos una garantía de éxito. Con la cadencia de sus pasos y los gestos que impongan al andar tienen que vender un estilo propio en el vestir, pero también una manera de ir por la vida. De ahí su expresión, mitad osada, mitad indiferente, que a veces no logra esconder cierto rictus de oscura preocupación, como si huyeran de algo, o alguien les persiguiera por un motivo in-confesable. Otras veces, en cambio, esa misma expresión les hace aparecer como triunfadores indiscutibles. En cualquier caso, todos aguardan en la esquina a que el semáforo se ponga verde, para cruzar el paso de peatones al otro lado de la calle.

Betún

Siempre como nuevos deja mi padre los zapatos de toda la familia. Antes usaba betún de marca para lustrarlos. Ahora él mismo fabrica su propio material, a fin de darles un toque personal, intransferible. Tomó esa decisión cuando adoptamos a Draco. Y como el perro está acostumbrado a oler lo que calzamos, si entra alguien en casa que no use nuestro producto, se le tira encima hecho una fiera. No obstante, cada cual ve el tema a su manera. La abuela echa de menos sus pantuflas. Mi hermana presume más que nunca con sus amigas. Y mamá… mamá sólo espera que papá le perdone aquel infortunado desliz.

Caducidad

Como rio el último, rio dos veces. La segunda, sin saber exactamente de qué.

Curiosidad

Yo los conozco de toda la vida, son amigos míos. De pequeños, íbamos los tres a la misma escuela y jugábamos juntos. Ellos dos se gustaron muy pronto y ya eran novios en la universidad. Cuando yo conseguí este empleo en la joyería, él empezó a pasar por aquí para comprarle cosas a ella, de poco valor al principio, pero cada vez más caras con el paso del tiempo. Como es natural, por la etiqueta del envoltorio la chica sabía siempre que era aquí donde su amor compraba los regalos. Y como había suficiente confianza, no tardó en hacerme cómplice de su curiosidad. Días antes de una fecha señalada, venía y me pedía que le enseñara qué joya había reservado su marido. Luego me guiñaba un ojo y me rogaba que le guardara el secreto. La víspera de sus bodas de plata le mostré un collar de oro y brillantes, que el hombre había pagado con antelación a un precio desorbitado. Por poco se desmaya del susto en mi presencia. Pero parece que se desmayó de verdad el día en cuestión, cuando descubrió que aquel no era su regalo.

Dejarlo ya

Sé que dejarlo me va a costar un tremendo esfuerzo de voluntad. Mis mejores amigos lo han intentado; algunos con éxito, pero otros, incapaces de afrontar la abstinencia, han recaído con más fuerza que antes. No hay una receta mágica. El secreto está en rechazar el impulso que nace de la propia necesidad, pero también en no aceptar invitaciones ajenas. Esquivar la tentación después de las comidas. Resistir junto a quien no tenga reparo en mostrar en público una actitud compulsiva. A mi favor cuento con el rechazo de la sociedad, siempre dispuesta a señalar con el dedo a los transgresores. Y, sobre todo, con el apoyo de mi mujer, que antes ponía a los niños como excusa y que, ahora que se han ido de casa y nos hemos quedado solos, va y resulta que nunca tiene ganas de hacerlo.

Disputa

«No podemos dejarlo así», dijeron a un tiempo dos de los tres cazadores que habían disparado sobre la misma pieza, seguros de haber dado en el blanco. El tercer cazador los escuchaba en silencio. La disputa carecía de importancia, después de que los perros hubieran descuartizado el faisán al reivindicarlo para sus respectivos amos. A falta de un trofeo, sólo querían zanjar la cuestión averiguando quién de los tres era el más rápido. Para ello lanzaron aquella moneda al aire y empuñaron prestos sus armas. Los dos primeros disparos sonaron como uno solo. Los otros dos se oyeron después.

El actor

Visiblemente emocionado, se levantó de su asiento y se dirigió al escenario para recibir el premio honorífico a su carrera como actor. Con paso tambaleante, trató de disimular la turbación que le provocaba verse rodeado de aplausos, consciente de que aquel sería el único galardón que podría exhibir en el salón de su casa. En toda su dilatada trayectoria jamás le habían nominado, ni como actor principal, ni como secundario. Su nombre aparecía en varias películas memorables que le habían hecho famoso, pero nunca llegó a su poder el ansiado reconocimiento que le permitiera ocupar un lugar destacado en la historia del séptimo arte. En los últimos peldaños para subir al proscenio sintió que le fallaban las fuerzas, y ello no hizo sino aumentar la cerrada ovación del auditorio, puesto en pie para rendirle homenaje. Pero él, convencido de que aquel premio era de consolación, sintió tanta lástima de sí mismo que estuvo a punto de tirar la toalla y salir huyendo de allí. Sólo en un arranque de prudencia (no en vano era un actor) supo blandir el trofeo entre sus manos y, en la mejor interpretación de su carrera, mirando al público con lágrimas en los ojos, dijo: «Os amo».

El adivino

A diferencia de las personas normales, que no saben —ni siquiera imaginan— cuándo van a morir, el adivino insistió en averiguar (en su caso) la fatídica fecha irrevocable. Cuando tuvo constancia de la misma, se entristeció hasta tal punto que decidió quitarse la vida antes de lo previsto, dejando así en entredicho sus habilidades.

El amor del vampiro

A Javier Díaz Guinot

Como sólo puedo verte de noche, al ponerse el sol cierras la casa y libras a los criados de estar a tu servicio. Eliges a conciencia el atuendo íntimo que mejor delate tu desnudez. Dejas la alcoba en penumbra, abres la ventana y pones a punto el aura vulnerable de un cuerpo insaciable y exánime, que por amor llevas al borde de la muerte en mi presencia, tantas veces como yo lo requiero hasta quedar colmado. Pero a ti nada te colma tanto como cuando, al salir el sol, compruebas que es a mí a quien le cuesta la vida.

El día de la boda

El día de mi boda tiramos la casa por la ventana. Madre fue a comprarme un traje de pana negra y una camisa blanca de lino al mejor sastre de la comarca. También me trajo unos zapatos de cuero a juego con el cinturón adornado con una hebilla de plata. Padre me convenció para que el barbero me afeitara la barba a fondo y me echara perfume del caro, como el que gastan los señoritos del casino. Era la primera vez que vestía y olía tan bien.

Cuando me miré al espejo, no supe reconocerme. Pero esa misma impresión se la di a todo aquel que me crucé por la calle, especialmente a las mozas, que me fueron siguiendo como un enjambre de abejas machiegas. Todas, sin excepción, se amontonaron en el coro de la iglesia. Suspiraban y cuchicheaban como si yo fuera un recién llegado y ellas se disputaran el derecho a ser cortejadas, cuando nunca antes me habían prestado la menor atención. Entonces me di cuenta de que yo tampoco conocía al individuo que esperaba en el altar la llegada de la novia. Él se casó un poco más tarde. Yo, desde aquel instante, me propuse tomar un rumbo diferente.

El divo

Después de cobrar lo acordado por el concierto, subió al escenario y agradeció los aplausos que le dispensó el respetable, jalonados de «bravos» y «vivas» por su extraordinaria actuación. Luego retrocedió hasta el piano y decodificó una vertiginosa serie de arpegios incomprensibles, que culminaron en un silencioso instante inicial de máxima concentración. Sin atender otras muestras de afecto, dejó a la orquesta afinando instrumentos, caminó hacia atrás en dirección al camerino, se cambió de ropa y salió a la calle, donde, a pesar de su condición de estrella, no pudo encontrar un taxi que lo devolviera a su juventud.

El fallo

El jurado estuvo compuesto por el alcalde de la localidad turística donde se celebraban las jornadas eliminatorias; el delegado provincial del Gobierno en representación del ministro de cultura; el dueño de la cadena hotelera que dio cobertura al evento; el director de una conocida firma de bañadores y un reputado periodista de la prensa del corazón.

Todas las votaciones fueron muy reñidas ante la falta de consenso y costó lo indecible llegar a un veredicto final. La ganadora del certamen internacional de belleza no daba crédito a su buena suerte.

El final de la inocencia

«Antes de que vuelva papá, prométeme que no le dirás nada», dijo mamá, guiñándome un ojo al llevarme a merendar a una chocolatería. Al salir del colegio, me había comprado un juguete sin que yo se lo pidiera. Y en casa se le olvidó recordarme que hiciera los deberes. Yo estaba hecho un lío. ¿Que no dijera nada de qué? ¿De los deberes? ¿De la merienda? ¿Del juguete? ¿Del señor que la besó en la puerta del colegio? Aunque, puestos a salir de dudas, mejor que fuera con algo a cambio. Por eso, cuando llegó papá, le pregunté: «¿Qué me das si te lo digo?».

El juramento

Cuando contraje la enfermedad que iba a acabar conmigo, mi padre juró que no volvería a verme nunca más. De nada sirvió que mi madre derramara las pocas lágrimas que aún le quedaban. Mi vida, hasta entonces, había transitado a conciencia por caminos equivocados, pero mamá creía que el perdón era la única medicina capaz de aliviar mi pena. En cambio, papá, sintiéndose ofendido, ya no quiso saber nada de «la niña de mis ojos», como solía llamarme. Ni siquiera el cura del barrio, amigo de la familia, le hizo entrar en razón, porque mi padre, como buen cristiano, había ayudado en la colecta de la parroquia para adquirir la nueva imagen de la Virgen, destinada al altar mayor. Un encargo que estaba en manos de un joven escultor que me apreciaba y que, a diferencia de mí, había dejado a tiempo el infierno de las drogas. Él supo estar a mi lado en todo momento, dibujando con esmero el desolado perfil de un trance sin retorno. Después de todo, mi padre ni siquiera me habría reconocido al final. Por eso, ahora, cuando viene a la iglesia los domingos y reza frente a la nueva imagen del altar mayor, no sabe —ni sospecha— que el perdón y el alivio los busca en mi rostro desolado.

El monstruo

—¡Rodaré los dos finales, y no se hable más! —terció el director dando un puñetazo sobre la mesa.

El anciano cocinero y la chica que viajaba de polizón habían saltado por la borda justo antes de que el buque estallara en llamas. El hombre pudo nadar hasta la lancha neumática, pero la chica se hundió bajo un intenso oleaje.

—¡A la mierda los productores! —gruñó el director, haciendo trizas la última nota de gastos fuera de presupuesto. A falta sólo de la última secuencia, el equipo estaba más que harto de un rodaje tormentoso, condicionado por la tensa relación entre el director y su estrella, a la que acosaba sin descanso.

El monstruo marino había devorado ya a la tripulación y al pasaje del enorme crucero, incluyendo al apuesto galán del que la chica se había enamorado. Y aunque ella y el cocinero no hacían buena pareja, cabía pensar que, si no acababan juntos, al menos quedarían como amigos.

—¡Corten! —gritó el director, cuando la actriz volvió a la superficie, quejándose de tener que interpretar una escena tan arriesgada—. No hay dinero para dobles, encanto —se excusó el director, mientras se disponía a rodar la otra escena, alternativa, en la que la pobre infeliz se quedaba en el fondo para siempre.

El rezo

Viéndose al borde de la muerte, el anciano patriarca, postrado en su lecho, ha convocado a su familia, amigos y colaboradores directos, así como al servicio doméstico de su imponente mansión. Frente a todos ellos, confiesa haber mentido y traicionado a todo aquel que se cruzó en su camino. Reconoce haber sido un mal padre y peor esposo, incapaz de recordar con cuántas mujeres fue infiel en su matrimonio. Tampoco sabría decir hasta dónde alcanza el tremendo daño causado a tantísima gente.

De todo ello se siente culpable y, aunque es un poco tarde para pedir perdón, no quiere abandonar este mundo con semejante peso en la conciencia. Así, con estas últimas palabras, se desploma, cierra los ojos y entreabre los labios.

Después de que todos los presentes se echen a llorar, el médico de la familia les ruega que se vayan para que él acabe de cumplir con su delicado trabajo. Únicamente la esposa del patriarca se queda en la sala contigua, rezando en silencio mientras el médico permanece en la habitación.

Sólo cuando más tarde sale también el doctor y le extiende una receta, la buena mujer se entera de que su plegaria ha sido en vano.

El truco

Tu mejor amiga me pilla ligando con una extraña y corre a decírtelo enseguida. Y tú, lejos de creerte mis excusas, me arrancas el anillo de matrimonio y lo tiras por la ventana. Desde entonces, pasamos días enteros sin dirigirnos la palabra. Pero hoy te propongo salir a cenar y tú te muestras de acuerdo.

Te llevo al restaurante más caro de la ciudad, un lugar donde la cena incluye un espectáculo de variedades. «Todo tiene su truco», me dices, mientras ves aparecer conejos y pañuelos de una chistera entre los aplausos del público. La misma indiferencia te provoca el número del adivino, que acierta todo cuanto le preguntan, hasta que, ¡oh, sorpresa!, me elige al azar y me invita a subir al escenario.

Deslumbrado por los focos, te sigo viendo impertérrita al fondo de la sala, cuando el artista me tiende su mano y, aunque la mía no luce ninguna alianza, revela que estoy casado con la mujer de mi vida, cuyo nombre pronuncia en voz alta.

Eso te derrumba y al fin rompes a llorar. Luego salimos a la calle envueltos en un abrazo. Para entonces, ya he borrado del móvil el teléfono de aquel amigo de la infancia, que una vez juró triunfar en el mundo del espectáculo.

El último combate

Poco después de que el protagonista de la serie de más éxito de la televisión pidiera que le subieran el sueldo, el personaje al que daba vida contrajo una enfermedad inverosímil. Tras muchos años vinculado al programa más visto de su franja horaria, el actor se sentía encasillado en un papel que, conforme aumentaba su fama, limitaba su proyección de cara al futuro. Hasta el punto de que sus fans lo llamaban por su nombre en la ficción cuando le pedían autógrafos. Ahora el actor exigía un aumento de salario acorde con la calidad de su trabajo, avalado por un número cada vez mayor de espectadores y por los beneficios que la serie ingresaba con la publicidad. Ni siquiera esa extraña enfermedad del personaje (supuestamente prevista en el guion), que lo condenaba a morir sin remedio, hizo mella entre sus seguidores: si antes lo admiraban por su condición de héroe invicto, luego les inspiró una ternura infinita. Así, la caída inicial en bolsa de las acciones de la productora, coincidiendo con el brusco giro argumental, dio paso a un repunte de lo más prometedor. Pero ello no evitó que el vencedor de tantos combates ficticios en la pequeña pantalla perdiera el último frente a un bufete de abogados.

Envenenamiento

El catador del rey era un esclavo al que el hecho de probar tres veces al día platos exquisitamente elaborados había borrado de su cara la triste expresión con la que inicialmente llegó a palacio. Hasta el punto de que, por su aspecto, parecía uno más de los invitados en la corte del soberano. Además, incapaz de ocultar su entusiasmo al degustar aquellos manjares, no solo asumía de buen grado que podían estar envenenados, sino que exteriorizaba sin pudor el goce supremo de saborear la excelencia culinaria reservada a su amo y señor.

Al principio, el rey quedaba satisfecho con semejante despliegue de eficiencia. Pero, alertado por sus allegados de que aquel miserable disfrutaba de la comida más allá de lo debido, acabó ordenando que lo envenenaran, sólo por darse el gusto de ver cómo desaparecía de golpe el aura de felicidad y moría entre convulsiones.

El nuevo catador, en cambio, prueba cada plato con una expresión de pánico que complace a los demás comensales. Pero el rey ha perdido el apetito, porque, acostumbrado a ver la dicha en el rostro de su siervo como preludio de un gran banquete, ahora sólo espera el día en que sus peores temores se hagan realidad.

Hijo predilecto

Para cuando le dejan hablar, el joven campeón del mundo casi ha gastado ya el paquete de clínex que usa para contener la emoción que le embarga. Con la sala de plenos abarrotada de gente, ha escuchado de labios del alcalde el sincero agradecimiento de sus convecinos por haber convertido su modesta localidad de origen en un lugar de referencia para el mundo del deporte, lo que augura un futuro lleno de prosperidad. También ha recibido en primicia la noticia de la inminente construcción de un pabellón deportivo que llevará su nombre, y que será un estímulo para las nuevas generaciones.

Pero a estas alturas, la nueva celebridad tiene muy claro que si toda esa inversión se hubiera llevado a cabo cuando él era un don nadie, no habría hecho falta que emigrara a la otra punta del planeta para conseguir fama y fortuna. Y casi con toda seguridad, otros como él habrían triunfado en su misma especialidad, de haber contado con un apoyo institucional que siempre brilló por su ausencia.

Por ello, cuando por fin cesan los aplausos y se hace el silencio, el nuevo y flamante hijo predilecto de la ciudad, sosteniendo en su mano el último pañuelo desechable, se dispone a tomar la palabra.

Hubiera estado bien

Lo peor que pudo hacer aquel individuo fue ofrecer resistencia a la autoridad. Era normal que estuviera alterado cuando una anciana lo denunció a la policía acusándolo de haberla agredido sexualmente a la puerta de su casa. Él pasaba por allí buscando trabajo, pero sin meterse con nadie. Eso fue lo que debió decir a los agentes, antes de que le pusieran las esposas y lo subieran al coche celular; antes de que lo trasladaran a la comisaría del distrito para tomarle declaración; antes de que lo metieran a empujones en una celda, a la espera de ponerlo a disposición judicial; antes de que al día siguiente la señora retirase los cargos al no estar segura de que aquel inmigrante la hubiera molestado; antes de que nadie le pidiera disculpas al dejarlo en libertad.

Hubiera estado bien que el sujeto en cuestión conservara la calma en el momento de su detención y no insultara a todo el mundo, y no se enfrentara a las fuerzas del orden, y no se diera a la fuga precipitadamente, y no cayera de bruces tras un disparo de advertencia.

Inocente

El jurado popular declara al acusado no culpable. Las pruebas en su contra no son determinantes, pese al cúmulo de indicios y sospechas que, unidas a su pasado delictivo, lo señalaban como autor del horrible asesinato. La opinión pública había celebrado su captura como el ansiado final de una eterna pesadilla, y la prensa se había hecho eco del proceso con un despliegue de medios a la altura de la expectación creada en torno al caso. Una sentencia condenatoria quizás habría transmitido la sensación de que por fin se hacía justicia. En cambio, la absolución supone para muchos volver a la casilla de salida con el mismo desencanto con el que se encaja un gol en propia puerta. Incluso el encausado (que hoy ha vuelto a pisar la calle) sabe con certeza que, a menos que el crimen se resuelva en el futuro, ni la más completa libertad le hará sentirse un hombre libre.

La anciana y el bus

A la memoria de Edgar Allan Poe

El autobús suburbano conecta el barrio de viviendas del norte de la ciudad con la zona industrial del extrarradio sur. Presta servicio a los escolares y a los trabajadores en las horas punta. También pasa junto al mercado principal y otros centros comerciales. Sus paradas siempre están muy concurridas, aunque en la calle del Cuervo sólo recoge a la anciana del número 108, que vive enfrente de la parada.

Ella es la única que saluda al conductor; la única que lo trata como si fuera su chófer privado; la única que lo riñe si llega con retraso o si descuida su aspecto; la única que nunca da el importe exacto para así alargar la conversación. El conductor lo sabe todo acerca de ella: cómo es su vida, su casa, sus costumbres, sus planes para el futuro tras su reciente viudez. Cada trayecto añade un pequeño capítulo a una serie interminable de confidencias.

Pero la buena mujer parece que ha muerto hace poco en un extraño asalto a su domicilio, y ahora nadie sube ni baja en la calle del Cuervo. Y al conductor del autobús lo han apartado del servicio por una crisis nerviosa, pues el hombre se empeña en decir que el timbre siempre suena pidiendo parada frente al número 108.

La carga

Ha sido un duro día de trabajo. La concentración no autorizada contra la crisis social y el desempleo habría podido acabar sin incidentes, pero, tras la lectura de un manifiesto reivindicativo, algunos grupos incontrolados han empezado a causar desperfectos en el mobiliario urbano, y las fuerzas antidisturbios han recibido la orden de intervenir para disolver a los manifestantes. A causa de ello, el padre de familia regresa tarde a casa llevando encima las secuelas de una jornada agotadora. Él sería feliz ahora sentándose frente al televisor para olvidarse de las carreras, las porras, los botes de humo, las balas de goma. Pero su hijo, ya en la cama, le pide que le explique un cuento antes de dormir. El padre busca aquel libro de fábulas de animales que contiene historias educativas sobre el comportamiento humano; sin embargo, el nene quiere aquel otro de batallas famosas, lleno de ilustraciones y de cargas por ambos bandos, que el padre explica de una forma cada vez más breve y resumida, con la vana esperanza de que su hijo se canse y se rinda, se retire y se duerma.

La cartera

La cartera estaba oculta entre unos matorrales. Abultaba tanto que parecía un monedero de mujer, pero al abrirla, vi que su dueño era un señor entrado en años. Di con él. Quedamos en un bar del extrarradio. Llegó enseguida con lágrimas en los ojos y me abrazó como si yo fuera de la familia. Pensó que la había perdido para siempre, ¡con la gente que anda por ahí! Me dio un par de billetes de los grandes, mientras miraba en su interior que no faltara nada, hasta que al fin sacó el boleto premiado de lotería, que se llevó a los labios para darle un beso, como a la estampita de un santo. Precisamente iba al banco a ingresarlo y no sabía explicar cómo se le cayó al suelo la cartera. Menos mal que fui yo quien la encontró. Las manos aún le temblaban cuando pagó la consumición. Me dio otro abrazo. Yo me ofrecí a acompañarlo para evitar que sufriera más percances. No, gracias. El banco estaba cerca. Daba igual, a mí me cogía de camino. De verdad, no hacía falta que me molestase. Entonces, yo insistí. Él intentó impedirlo pero, al final, me salí con la mía.

La mujer ideal

Esa de la que tú no quieres hablar, aquella cuyo nombre omites en sueños, la que deja un hueco libre al otro lado de la cama. Al principio, notaba cómo la buscabas al mirarme a los ojos, lo anchos que me caían tus abrazos. Si me comparaba con ella, me sentía humillada. Pero, con el tiempo, nos hemos hecho amigas. Nos contamos secretos, sumamos esfuerzos para hacerte feliz, para que nos tengas a las dos sin salir de casa. Ahora (tú no lo sabes, claro) a ella también le gusta otro hombre, y a fuerza de evocarlo ha conseguido que yo arda también en deseos de conocerlo.

La verdad

Hoy, 6 de enero, sus majestades los Reyes Magos de Oriente me han traído al fin su último regalo.

La voz de la experiencia

«Anda, muchacho, ve a por ella, no seas tímido. Haz caso a la voz de la experiencia. Ella te está esperando, puedes creerme. Tú no te has dado cuenta, pero yo lo he visto de inmediato: le gustas, te ha mirado al pasar. Si le hubieras hablado entonces, se habría girado a escucharte. Venga, deja en paz esa limonada, deja de ser un crío de una vez por todas. Atrévete a dar el primer paso, acostúmbrate a perseguir aquello que deseas».

El chico se levanta por fin, a regañadientes, y se dirige hacia la mesa del fondo de la cafetería, donde acaba de sentarse una rubia efervescente, cuyo tránsito por el local se ha llevado por delante las miradas de casi todo el personal. Llega junto a ella, se inclina y parece que le dice algo al oído. La chica tarda un poco en reaccionar, pero acaba sonriendo y el muchacho toma asiento junto a ella. Al cabo de un minuto, los dos ríen a un tiempo y piden una copa al camarero.

Entonces, el abuelo apura a sorbos la limonada de su nieto y mira alrededor con aire de satisfacción. Es consciente de que ha puesto en marcha la azarosa maquinaria del destino, y está orgulloso de que el chaval obtenga lo que ni él mismo —de joven— pudo nunca aspirar a conseguir. Entre otras razones, porque jamás se atrevió a intentarlo.

Leer no admite distracciones

Estoy leyendo un libro interesante, pero después de alzar la vista para mirar por la ventana no encuentro el punto en el que me hallaba. No sé si estaba en la página izquierda o en la derecha. Leo algunas líneas al azar y no recupero el hilo del argumento. Retrocedo a la página anterior buscando un punto y aparte que me resulte familiar. Me asusto al comprobar que aquello que en teoría acabo de leer no ha dejado el menor rastro en mi memoria. Es como si hablara con alguien en la calle y al doblar la esquina no recordara quién es ni qué le acabo de decir. El caso es que, con una mezcla de incredulidad e impotencia, decido cerrar el libro. Pero ahora viene lo bueno: soy incapaz de hacerlo. Sigo pasando las páginas como un autómata, resignándome a no enterarme de nada, mientras empiezo a sospechar que es el libro el que me está leyendo a mí. Según avanza la trama, todo lo que soy y lo que he vivido va componiendo una serie de episodios que, al pasar al papel, dejan de pertenecerme. Me da pánico admitir que no sé cómo acaba mi propia historia. Pero antes de que pueda averiguarlo, el libro va y me deja a un lado. Por lo visto, yo no soy interesante.

Mal avenidos

Cuando murió el último miembro de mi familia, la casa en que vivíamos no se me hizo más grande. Yo pensé que tendría que venderla y mudarme a otra parte, pero no fue necesario: comprobé que mi uso del espacio seguía siendo el mismo y todo permanecía en su sitio. Al menos, hasta que un día hallé la muñeca de mi hermana tirada en el pasillo. Me resultó extraño y pensé que tal vez habría estado siempre allí. Pero la cogí y la dejé en su cuarto, al que, en honor a la verdad, apenas solía entrar. Otro día me topé con las gafas de mi padre en la cocina. Eso fue más extraño aún, pero como aquel no era su lugar busqué un rincón donde no estorbaran. El colmo llegó la noche en que las medias de mi madre aparecieron colgadas en la ducha. Aquello me sacó de quicio y a punto estuve de vaciar la casa de todo cuanto no fueran mis pertenencias. Así, al menos, habría vivido tranquilo hasta el final de mis días. Me arrepiento de no haberlo hecho entonces por pereza. Porque, si estando yo con vida los míos se andaban con indirectas para fastidiarme, ahora vuelven a estar por todas partes. Y claro, ya es un poco tarde para vender la casa.

Mediana edad

Como haría un caballero, él me ha ofrecido su asiento. Con el vagón lleno de pasajeros, los últimos en entrar nos hemos empujado hacia el pasillo, apoyándonos unos contra otros. Estoy tan cansada que no aguantaré de pie hasta el final del trayecto, pero ya no quedan hombres galantes. Sin embargo, aquel niño me mira y me indica con la mano que puedo ocupar su asiento. Es de buena educación ceder el sitio a las personas mayores, y es evidente que a sus tiernos ojos parezco una anciana. Por eso le he dicho que no y le he dado las gracias.

Mesa para dos

El hombre llega pronto al lugar de la cita para adueñarse del espacio. Elige una mesa apartada y se sienta de espaldas a la pared para verla venir en su momento. Hace durar al máximo la copa de *gin-tonic,* mientras repasa su agitada vida sentimental y se recrea en las veces que ha esperado a una mujer en un lugar como este. Deja de mirar el reloj cuando pasan veinte minutos de la hora acordada, y media hora más tarde se levanta a pagar la cuenta. Sale a la calle jurando no volver, en tanto el camarero amablemente dice adiós y hasta mañana.

No llores, pequeña

Si me prometes que dejarás de llorar por él, mañana te compraré otro. A este podrás elegirlo tú misma, porque iremos a buscarlo a la tienda de animales. No será un regalo sorpresa, pero te robará el corazón cuando lo veas destacar entre los demás y sepas que estaba destinado para ti. Además, si acaba de nacer, te será fiel toda la vida. No se cansará de tu compañía. No buscará aventuras fuera de casa. No te abandonará por alguien más joven ni te hará sentir culpable por haber elegido mal. A aquel más vale que lo olvides. Después de todo, estarás de acuerdo conmigo, sólo era un perro.

Oraciones subordinadas

A causa de su apoyo incondicional al envío masivo de tropas para intervenir en el conflicto bélico de un país extranjero, donde a estas alturas se ha registrado ya un número estremecedor de muertos, heridos y desaparecidos, y donde los supervivientes han quedado sumidos en la miseria más insostenible, de la que difícilmente podrán salir en un futuro inmediato, la popularidad del controvertido mandatario ha caído en picado entre sus propios conciudadanos y alcanza ahora la cota más baja desde el inicio de la legislatura, lo que plantea serias dudas acerca de si volverá a presentar su candidatura en las próximas elecciones.

Parte de daños

Bajando a saltos la escalera desde mi cuarto al salón de mi casa, he resbalado sin querer y he caído rodando varios escalones de manera aparatosa hasta llegar al suelo. No puedo moverme y es posible que me haya roto el tobillo o incluso algo peor. No veo sangre a mi alrededor y, aunque me duele todo el cuerpo, quizás, después de todo, sólo son magulladuras. Pero también estoy cogiendo frío y eso empeora las cosas. Espero que mamá no tarde mucho en llegar, porque no sé cuánto tiempo más seré capaz de contener las lágrimas.

Parte de siniestro

El ladrón entró por la ventana abierta del salón cuando no había nadie en casa y sólo se llevó cuatro chucherías. Papá tuvo que forzar la cerradura de la puerta para incluirla en el parte de siniestro a la compañía de seguros. Luego fue a la tienda de electrodomésticos a por pilas alcalinas, y con el membrete del recibo pudo falsificar las facturas de compra de la tele y el ordenador. Mamá quiso impedir que hiciera constar más trajes de los que caben en el armario. Discutieron, y en el fragor de la disputa él la tiró al suelo de un puñetazo. Fue sin querer, claro, aunque también nos pegó a los demás para justificar que hubo asalto con violencia. Con lo que vamos a cobrar del seguro, nos daremos todos unas buenas vacaciones. Pero como vuelvan a robarnos, serán las últimas que vea el abuelo.

Queremos darle las gracias

Complacer sus necesidades es nuestra razón de ser. Somos su empresa de confianza y estamos a su lado innovando constantemente. Ello ha sido así desde 1881. En todo este tiempo millones de amas de casa han conocido nuestros productos. Siempre un paso por delante de nuestros competidores, siempre cerca del consumidor, buscando la manera de aumentar su calidad de vida. Hoy queremos darle las gracias por tantos años de fidelidad incondicional. Hemos crecido juntos y juntos queremos afrontar los retos que nos depare el futuro. Sin usted no habríamos llegado hasta donde estamos. Sin su opinión y sus recomendaciones no habríamos avanzado nada. Sin sus quejas y sus reclamaciones difícilmente habríamos mejorado lo que parecía imposible de mejorar. Sin sus denuncias a la Organización de Consumidores y Usuarios no nos habrían cerrado el negocio, ni nos habrían metido a todos en la cárcel. Desde aquí seguimos estando a su servicio. Gracias por su confianza.

Regalo perro

Por no poder atender. Pastor alemán, rubio, precioso, con el morro azabache, muy inteligente y amante de los juegos en el parque. Atiende al nombre de Bronco. Lo adoptamos de cachorro (mi mujer y yo) y ha sido siempre un miembro más de la familia. Solía llamar la atención cuando iba por la calle (mi mujer) y por ello lo entrenamos para que acudiera en su defensa. Pero sus gustos exclusivos (los del perro) nos llevaron a gastar más de lo necesario y hacía tiempo que soportábamos algunas privaciones, que tarde o temprano habían de pasar factura. Por eso tuve que darles una paliza (primero al chucho, luego a mi esposa), y era natural que los dos se pusieran en mi contra, aunque al volver del trabajo yo seguía encontrando mis pantuflas en la alfombra (descubrí que se turnaban para dejarlas allá). Pero una familia no funciona bien si hay grietas insondables detrás de los gestos amistosos. Las crisis fueron en aumento y últimamente hablábamos los tres el mismo idioma. Así no hay quien se entienda. Una noche en que discutíamos (el perro y yo), mi mujer me preguntó a quién le ponía el bozal y la correa. No pude más. Quise matarlos a los dos, pero Bronco supo defenderse a tiempo. Ahora se ha quedado sin dueño, porque en la cárcel no permiten animales fuera de las celdas. También regalo sus complementos.

Seducción

Cuando la película ni siquiera ha llegado a la mitad, el espectador sabe ya cuál de los sospechosos ha cometido la serie de crímenes espeluznantes. Lo ha descubierto mucho antes que el atribulado inspector de policía, quien, de acuerdo con el guion, no tiene más remedio que perder el tiempo siguiendo un montón de pistas falsas. Se supone que la historia está pensada para distraer a quien se toma la molestia de contemplarla, dispuesto a implicarse en una trama criminal a través de sus protagonistas. El asesino ha trabajado a fondo su papel y muestra en cada escena el estigma del mal sin concesiones. Pero es un hombre atractivo, de gustos refinados, que no renuncia a la elegancia en sus gestos y en su forma de hablar. En cambio, el policía viste mal y no se afeita, y actúa bajo los efectos de una crisis conyugal que afecta a su carácter. Tampoco abandona nunca su lastimosa expresión de penitente, amargado por los continuos fracasos de la investigación. Situado entre ambos personajes, el espectador acaba tomando partido. Por ello, cuando el inspector entra en la sala donde se proyecta la película, una vez más es demasiado tarde.

Siniestra destreza

A nadie sorprendió que aquel famoso pistolero, que era tan diestro con la mano izquierda, acabara pegándose un tiro.

Sobran adjetivos

La patinadora luce un corpiño ajustado de color negro, bordado de lentejuelas, rematado en una breve y vaporosa falda plisada, que deja al descubierto la sugestiva lencería bajo unas medias iridiscentes. En la parte superior, el generoso escote delantero queda incluso corto, comparado por detrás con unos frágiles tirantes que permiten contemplar la estampa de una espalda desnuda, sumamente estimulante. Tal atuendo provocativo se complementa con una actitud sensual, llena de picardía en cada gesto, en cada giro y en cada desplazamiento, que la bella patinadora parece brindar, envuelta en su candorosa sonrisa y su alegre cabellera rubia, a un público resignado a entrar en calor, mientras aplaude a rabiar su brillante actuación sobre la fría pista de hielo.

Somnofilia

Era cierto todo lo que le habían contado al joven príncipe. En lo más profundo del bosque tenebroso se alzaba un castillo, cuyos moradores dormían a causa de un maleficio provocado tiempo atrás por un hada malvada, en protesta por no haber sido invitada al nacimiento de la hija del rey. Al parecer, el hechizo original habría causado la muerte de la princesa al cumplir los quince. Pero, al final, otra hada (bondadosa) lo cambió por un letargo de cien años, aplicable a todos los habitantes del lugar.

También era verdad que, en el vencimiento de aquel perverso encantamiento, los espinos que rodeaban el castillo debían dejar de impedir el acceso al mismo. Así, a diferencia de otros incautos advenedizos, que hallaron la muerte al intentar rescatar a la princesa, el osado galán pudo acceder a la estancia donde dormía la bella más famosa de la comarca.

Al verla tan bella y tan profundamente dormida, el joven enamorado pensó en besarla, volverla en sí, provocar su asombro, su sonrisa, merecer su amor, casarse con ella, ganar el trono, tener hijos… En definitiva, cerrar el cuento. Pero para todo eso había tiempo de sobra. Y ahora ella dormía.

Superman al rescate

La he visto venir de lejos, caminando hacia mí por la acera de enfrente. Confieso que el fulgor que desprende su presencia me ha hecho fijarme en ella. Destaca entre la multitud por su belleza atemporal y por esa cadencia ingrávida de sus pasos, propia de quien convierte el tránsito por cualquier lugar en un poema en movimiento. Pero mi fino instinto es capaz de detectar el peligro que se cierne bajo la apariencia de una situación controlada. Cuando la chica ha llegado a la esquina, dispuesta a cruzar la calle sin atender al semáforo en rojo, no he necesitado buscar un portal donde mudar al instante mi condición de superhéroe. Con un ágil quiebro de cintura, suficiente para esquivar al gentío, me he plantado al otro extremo del paso de peatones y, estirando el brazo con la mano abierta para llamar su atención, he gritado: «¡Deja el móvil, insensata! ¿Es que quieres que te maten?».

Swing

Lo conocí en un viaje turístico por Japón. Él estaba golpeando pelotas de golf desde la grada de un estadio; las lanzaba al centro del césped. Había varios jugadores que competían por ver quién lo hacía más lejos. Yo le dije que aquello no era golf, que después del primer *drive* tendría que ir a buscar la bola, cambiar el palo para el *approach,* probar el *putt* y meter la bola en el hoyo. Creo que no supo de qué le estaba hablando, pero debí impresionarle mucho, porque, de pronto, me agarró por la cintura y me besó apasionadamente. Ya está, no ocurrió nada más.

Tareas pendientes

De pronto, se sintió capaz de ponerse al día en sus asuntos. Aquel maldito accidente de tráfico, lejos de ser inoportuno, le iba a servir de acicate. Mientras lo trasladaban en camilla hacia el quirófano, pensó que pintar la valla del jardín le llevaría apenas un instante, y con menos esfuerzo del que imaginaba le explicaría al niño los cuentos atrasados de toda la semana. Para cuando lo hubieron depositado en la mesa de operaciones, había decidido llevar por fin a su mujer al cine y deshacerse de todos los trastos viejos amontonados en el sótano. Al sentir el pinchazo de la anestesia, vio con claridad dónde debía colocar los ahorros de tantos años de trabajo. Y antes de que se le cerraran los ojos, aún fue capaz de tomar en consideración las últimas ofertas comerciales y, de paso, organizar al detalle sus vacaciones para el verano.

Pero al despertar al cabo de unas horas, consciente de que lo peor había pasado, se alegró como nunca de volver a tener a su disposición todo el tiempo del mundo.

Un buen conserje

Al entrar, me crucé con el botones, que me miró con asombro. No era para menos: los clientes de este hotel tan exclusivo, situado en la parte alta de la ciudad, suelen ingresar provistos de equipaje y llegan en un taxi que les trae directamente desde el aeropuerto. Que lo hagan a pie, y encima desnudos, resulta cuando menos pintoresco. Aun así, el conserje se apresuró a disculpar la pasiva actitud de su empleado:

—Ruego al señor que perdone a nuestro botones —dijo en voz baja y con aire circunspecto—. Es joven y hace poco que trabaja con nosotros. —Acto seguido, ordenó que me trajeran de inmediato un albornoz y unas discretas zapatillas. Y mientras me indicaba el número de mi habitación, añadió—: A la mayor brevedad haré que le suban ropa nueva, a su entera comodidad. —A continuación, y hablando ya casi en susurros, siguió haciendo gala de esa impagable dosis de buen hacer que acreditan quienes conocen a fondo su oficio—: Le aseguro al señor que, si la próxima vez planea su cita amorosa en nuestro establecimiento, no tendrá que salir corriendo por culpa de ninguna intrusión inoportuna de carácter marital.

—Gracias, lo tendré en cuenta —dije yo, correspondiendo a su no menos discreta (casi imperceptible) reverencia.

Una última pregunta

¿Por qué tardó tres días en resucitar?

Venganza

Cuando cumplí condena por un crimen que no había cometido, salí de la cárcel con una idea fija en la cabeza: resarcirme con creces de la injusticia que había destrozado mi vida. Había tenido tiempo suficiente para justificar mi venganza como algo inevitable, a pesar de que me enfrentaba con dos serios problemas: por un lado, la persona a la que en teoría había matado estaba muerta de verdad y no podía volver a matarla, aunque sólo fuera por saber qué se siente en esos casos. Y el autor real de aquel asesinato había salido impune y no había forma humana de dar con él. Quedaba, no obstante, la opción de tratar de comunicarme con el muerto, para que me confesara quién había acabado con su vida. En ello puse mi empeño, hasta dar con un médium competente, que me hizo entrar en contacto con la víctima. Esta no dudó en señalar como culpable a un miembro de su círculo familiar. Y tras mofarse del infortunio en el que me vi envuelto, me conminó a que consumara mi venganza de la forma más expeditiva posible. Así lo hice: localicé a aquel sujeto (no me costó nada ponerme en su lugar) y le hice saber que, desde el otro mundo, ya le habían perdonado. Casi lo mato del susto.

Victoria amarga

Mientras todos celebraban que los malos hubieran perdido la guerra, nadie se dio cuenta de que no la habían ganado los buenos.

ESPACIOS

«Robaron todos los lienzos del Museo de Arte
Conceptual y dejaron tan solo los marcos, pero,
hasta pasados unos días, nadie se dio cuenta».
Ladrones de arte, Manuel Moyano

Abordaje

La oficialidad de la fragata inglesa lucía casacas rojas, mientras que los mandos franceses iban de azul. En esas condiciones era fácil entablar un combate cuerpo a cuerpo. El problema lo tenían los marineros de ambos buques, que no estaban sujetos al rigor del uniforme militar. Desaliñados y harapientos por igual, exhibían sin complejos una beligerante despreocupación por el tema indumentario. Así, de entrada, era imposible saber a qué bando pertenecían. La mejor manera de no herir a un compatriota, en medio del tumulto, era reconocer en él al compañero de litera o al ayudante en las tareas cotidianas. Pero lo peor llegó cuando alguien bajó a la bodega y rescató a los prisioneros españoles. A partir de ese momento, antes de embestir a quien hubiera delante, cada cual cruzó insultos en su lengua vernácula, con el fin de evitar en lo posible que todo aquel ardor patriótico derivara en promiscuidad.

Amigos

Félix ha venido esta noche a dormir a mi casa. Estaba destrozado el hombre. Le ha extrañado que tuviera preparada la habitación de invitados, conociendo mi habitual desidia en esos menesteres, pero yo le he restado importancia. Somos amigos desde la infancia, lo hemos compartido todo. Tenemos ese nivel de compenetración que nos permite avanzarnos el uno a las necesidades del otro. No ha querido cenar y se ha metido directamente en la cama. Laura le engaña con otro. Lo ha descubierto por casualidad, por un desliz de su mujer, que olvidó esconder un colgante muy valioso que él no recordaba haberle regalado. Ella lo ha negado diciendo que fue un capricho al verlo en la joyería, pero Félix ha prometido llegar hasta el fondo y matar al cabrón que ha destrozado su vida. Lo conozco, sé que habla en serio. Laura me ha llamado esta tarde pensando que estaba conmigo. Se lo he dicho a Félix antes de que se fuera a dormir y me ha ordenado que le cuelgue el teléfono a esa zorra, si vuelve a llamar. En la habitación de invitados podrá descansar tranquilo, sin molestarme. Yo ya tengo mi dormitorio, aunque no sé si esta noche podré conciliar el sueño. Sé que habla en serio.

Apocalipsis

El informativo del mediodía arrancó con la noticia del fin del mundo. Tras la sintonía de cabecera y los créditos de rigor, la presentadora anunció que la apertura del último de los siete sellos del libro, a cargo del cordero elegido para dicha misión, había provocado en el cielo un silencio como de media hora, durante el cual fueron entregadas a los siete ángeles sus correspondientes trompetas, que auguraban el desastre total. En un despliegue de medios a la altura de las circunstancias, que incluyó conexiones en directo con diversos puntos del planeta, el fatídico suceso fue objeto de un seguimiento descomunal sin precedentes, que batió todos los récords de audiencia registrados hasta entonces, y en el que no faltaron los llamamientos a la calma por parte de las autoridades, ni las valoraciones de renombrados especialistas en el tema. Hubo incluso ocasión de pulsar la opinión de los ciudadanos, merced a improvisadas entrevistas con gente de la calle. Tan amplia fue la cobertura dispensada a la catástrofe, que el informativo del mediodía —el último a todos los efectos— tuvo un marcado carácter monográfico.

Aroma

Tanto si llevan a Roma como si no, todos los caminos llevan aroma.

Best seller

Para cuando el editor prestó atención al manuscrito del autor novel, el inspector que seguía la pista al asesino se había jubilado y vivía en un hogar de ancianos. La amiga de la víctima había dejado el piso que ambas compartían para casarse con su entrenador personal. El principal sospechoso tenía trabajo estable y había prosperado tanto como para dejar atrás la delincuencia. La joven incauta que pasaba aquella noche frente a un edificio en construcción acabó cambiando la ruta tras conocer a un compañero de clase que tenía coche.

El tardío interés del editor por publicar aquella historia obligó a poner todo en su lugar. Hubo que destruir y volver a construir el edificio en que se hallaba la escena del crimen. Las dos chicas volvieron a vivir juntas tras arruinar sus respectivos matrimonios. El sospechoso pasó de la abundancia a la inopia sin causa justificada. El inspector abandonó el geriátrico; retomó el caso.

Para entonces, el aspirante a novelista había asumido su fracaso como escritor. El público se había vuelto más exigente. El nivel del mar había subido a causa del cambio climático.

Que todo volviera a ser como antes supuso un esfuerzo editorial sin precedentes.

Botánica

El partido del Tomillo ha ganado las pasadas elecciones por delante de la formación del Romero. En tercer lugar ha quedado la Salvia, mientras que el Cilantro ha dado la sorpresa al quitarle la cuarta posición al Orégano, que ha obtenido el peor resultado de su historia.

La diferencia de votos obtenidos obliga al Tomillo a combinar con el Cilantro para seguir dominando la cocina con cierta tranquilidad. Ello hace que, desde el Romero, se le acuse de promover mezclas indigestas, casi incomestibles, con la excusa de cerrar el paso a la Salvia, por considerarla demasiado radical.

Por su parte, la Salvia ha prometido que, cuando ella esté al frente, se empleará en erradicar el resto de condimentos, a los cuales echa en cara su debilidad a la hora de permitir que recién llegados como el Curry o el Gran Masala estén estropeando el recetario local.

No obstante, a pesar de todos estos manejos de herbolario, la gente sigue comprando directamente preparados a base de finas hierbas, y se abstiene de adquirir compuestos específicos de un sabor más diferenciado. Tal vez por comodidad, o para tener más espacio en la cocina. O porque —mal que nos pese— cada vez cocinamos menos y comemos aún peor.

Ceguera

Como cada año al llegar la Navidad, el padre de familia cuelga de la fachada de su casa un muñeco vestido de Papá Noel, trepando por una escalera con la intención de penetrar en la vivienda a través del balcón que da acceso al salón, donde ha dispuesto el árbol de los regalos. Su hijo era demasiado pequeño hace un año, pero ahora es capaz de entender que aquel personaje lleva el saco lleno de juguetes y que, en Nochebuena, los dejará en el salón para regocijo de toda la familia. La primera vez que el niño recibe esta explicación, de labios de su progenitor, abre los ojos con asombro y asume sin esfuerzo que, efectivamente, aquel ser lleno de magia está a punto de hacer realidad algo tan maravilloso. Días más tarde, contemplando la misma escena, y renunciando a preguntar cómo es posible que Papá Noel se encuentre exactamente en la misma posición, el niño alucina de nuevo, cegado por completo ante la promesa de ver cumplidos sus sueños más íntimos. Y esa misma ceguera justificará que ya no vuelva a cuestionar la falta de avance del muñeco, y que incluso le parezca bien que permanezca en el mismo lugar pasadas las fiestas, hasta que su padre decida guardarlo para el año que viene.

Cómicos

A Jeroni Oller

Temeroso de que el público de aquella pequeña comunidad rural se cansara y se fuera, el director de una compañía de teatro ambulante se propuso representar una obra de tres actos en uno solo, sin pausas para los cambios de escenario. Para ello contó con la inestimable colaboración de los actores. Por ejemplo, cuando un personaje entraba en escena, llevaba consigo una silla que no tenía nada que ver con el diálogo en curso, pero que era necesaria para el acto siguiente. O bien, cuando otro personaje se iba enojado tras una fuerte discusión, se llevaba las cortinas del salón, lo cual, de paso, servía para remarcar el carácter dramático de la situación.

Como era de esperar, todo aquel trasiego continuo de elementos de atrezo acabó provocando que el respetable estuviera más pendiente del tránsito en los decorados que de la ficción que tenía lugar. Las primeras sonrisas dieron paso a sonoras carcajadas, fuera de contexto, conforme el argumento se acercaba al fatal desenlace.

Asimismo, era inevitable que los actores se dieran cuenta de que el protagonismo se les iba de las manos en favor del escenario. Y que su desencanto se mantuviera más allá de la ovación memorable con la que el público, al bajar el telón, premió satisfecho tan singular puesta en escena.

Confesiones

Le confesé lo que había hecho durante todo este tiempo, desde la última vez: pequeños hurtos, mentiras y estafas de poca monta para llegar a fin de mes. Mi bien ganada fama de *gigolo* era un capítulo aparte, pero venía del mismo origen: la penuria que soportamos en casa desde que mamá tuvo que hacerse cargo de todo. Él, por su parte, tras escuchar el relato de mis debilidades, me confesó que, a fin de cuentas, todos cumplimos condena en la prisión de nuestros propios actos. Ello me dio a entender que, a su manera, también pedía perdón, y no pude evitar decirle entonces cuánto le echábamos de menos. Por toda respuesta, me bendijo con el *«ego te absolvo a peccatis tuis»* y corrió la cortina del confesonario.

Damas y caballeros

Quiso el azar que los equipos que tomaban parte en un torneo de ajedrez se alojaran en el mismo hotel de concentración. Era por tanto inevitable que los participantes coincidieran en los pasillos, en los ascensores y en otras muchas dependencias de aquel establecimiento. Durante unos días, el hotel se convirtió en un inmenso tablero por el que circularon piezas de varios colores y tamaños, nobles y lacayas, ávidas por ampliar horizontes con nuevas y gratificantes experiencias, dentro de la lógica más elemental. Así, por ejemplo, confraternizaron damas y reyes de diversa procedencia, y pudo verse a las torres y a los alfiles reunidos en el bar hasta altas horas de la madrugada. Tampoco faltaron partidas nocturnas, improvisadas a todos los niveles. Las más discretas enfrentaron a la nobleza en el reto de dar el mate en pocas jugadas. En otras, las más ruidosas, jadeantes equinos, jaleados por peones, se batieron en duelo hasta bien entrado el amanecer.

Declaraciones

La primera vez que el primer ministro se pronunció abiertamente sobre la crisis económica fue durante un almuerzo de trabajo con los miembros de su gabinete. En otra ocasión, con motivo de una comida de negocios ofrecida a los miembros de una delegación extranjera, precisó que era necesario apretarse el cinturón y asumir una serie de medidas encaminadas a superar la delicada situación por la que atravesaba el país. Con la misma contundencia se expresó tras el vino de honor que sirvió para inaugurar solemnemente unas jornadas gastronómicas. Y aún volvió a sacar el tema en la cena de gala que cerraba una conferencia internacional de jefes de Estado. Fue entonces, ante el acoso de los periodistas, que le pedían detalles sobre sus últimas declaraciones, cuando el mandatario aseguró que no tenía nada más que añadir, al menos hasta que recuperara el apetito.

Dependencia

Al principio llamaba en horas de oficina y, aunque siempre me incordiaba, yo no dejaba de considerar que, al igual que yo, la voz parlante ocupaba un puesto de trabajo y tenía derecho a ofrecer su mercancía. Pero más adelante empezó a interrumpirme a horas intempestivas, mientras cenaba o estando ya en la cama. Así que le colgaba sin más, o me la quitaba de encima sin demasiados miramientos. Entonces, de golpe, cesaron las llamadas. Pensé que la empresa anunciante habría cambiado de criterio y que acaso ya no era yo un sujeto susceptible de merecer sus atenciones. En parte fue un alivio, aunque también me hizo sospechar que mi nivel de vida podía haber caído sin que yo me diera cuenta, y ahora se hallaba por debajo de la media nacional. Pero antes de que llegara a una conclusión lamentable, un día volvió a sonar el maldito teléfono y, visiblemente emocionado, volví a decirle a aquella pesada, ¡por enésima vez!, que su producto no me interesaba.

Dos paralelas
se cruzan en el infinito

Cuando se abre la puerta, se echa a un lado para dejar pasar al que tiene detrás, que muy amablemente se detiene para que el otro pase antes, pero el otro no pasa, sino que insiste en hacerlo en segundo lugar, después de rodear a quien invita a pasar primero con su brazo, trabado con el brazo de este, que ahora alza la voz y la mirada para decir que no faltaría más, mientras empuja literalmente a quien no tiene más remedio que ceder y dar las gracias.

Todo ello, después de que ambos desconocidos hayan subido juntos en el ascensor sin mediar palabra.

El acomodador

Fue así como nos conocimos. Yo avanzaba en silencio detrás de él, que alumbraba el suelo enmoquetado del pasillo con una linterna para que no tropezara en la oscuridad. Al llegar a la fila de butacas en la que había una vacía, yo le daba propina antes de pasar a ocuparla. El primer encuentro fue casual, pero los que siguieron después me obligaron a entrar en la sala cuando la sesión hubiera empezado. Tuve que perderme el inicio de muchas películas hasta que aquella tarde, en la que no quedaban asientos libres, conseguí por fin que se me declarara.

El amor según las bases

Como las bases del certamen limitaban a cien palabras la extensión del microrrelato, los dos viajeros que intimaron en el transbordo de un vuelo transoceánico no pudieron llegar muy lejos. Apenas tuvieron tiempo de hacer el amor y él se marchó enseguida para no perder su avión. En ese intervalo probaron diversas tretas para que cundiera más el romance inesperado. Por ejemplo, prescindir del cortejo inicial o del cigarro después del coito. Pero la experiencia les supo a poco y han prometido yacer de nuevo: esta vez a calzón tendido y sin límite de tiempo, aunque sea fuera de concurso.

El experimento

Cuando deshace la maleta en casa tras una larga estancia en tierras salvajes, y descubre que ha dejado olvidado el móvil en la cabaña del jefe de la tribu de los Pintupi, el joven explorador se enfada muchísimo. Pero pronto llega a la conclusión de que ese descuido involuntario le proporciona ahora una oportunidad excelente para evaluar el grado de aprendizaje de los seres primitivos, ya que incluso las abuelas del poblado le han visto recibir llamadas muy a menudo. Por ello, esa misma noche invita a cenar a sus amigos y profesores de la Academia, a quienes promete ofrecer a los postres una primicia extraordinaria: llamará a los Pintupi, con la esperanza de que identifiquen la melodía que han escuchado tantas veces, como preludio de una conversación en la distancia, y sepan contestar al teléfono.

Mientras tanto, en la otra punta del mundo, el pequeño aparato se halla en el centro de un corro formado por todos los miembros de la tribu, pendientes del milagro de comunicarse de nuevo con el amable extranjero de cabellos dorados.

La velada es intensa por ambas partes, llena de humo, vapores etílicos y vibraciones intempestivas. Y acaba de madrugada con el grupo de académicos durmiendo la mona para olvidar el fracaso del experimento. En cambio, en el poblado todavía bailan alborozados, poseídos por un embrujo implacable que les lleva a cantar una y otra vez, a intervalos regulares, aquella insoportable musiquilla.

El legado

Cuando murió el párroco de la pequeña comunidad rural (un hombre esquivo y taciturno a pesar de su misión), sus escasas pertenencias se repartieron siguiendo un criterio marcado por el sentido común. De sus objetos personales se hizo cargo el ama de llaves, mientras que su pequeña, aunque selecta, librería quedó depositada en la biblioteca municipal. La formaban sobre todo libros que habría recibido en señal de agradecimiento por su labor pastoral, conservados seguramente por razones afectivas y de cortesía. Muchos de ellos con su respectiva dedicatoria, circunstancia esta que dejó a la vista de todos el curioso círculo de tales amistades. Llamaban la atención las novelas románticas, abundantes en la colección, porque mostraban en su primera página mensajes explícitos de trazo femenino, que delataban cierta relación de complicidad con el texto en cuestión, y con ello abrían la puerta a todo tipo de morbosas especulaciones. Así fue como los vecinos de aquella pequeña comunidad rural, tanto los creyentes como los que nunca iban a misa, desarrollaron por igual un fecundo e insobornable interés por la lectura.

El móvil

En el intermedio del concierto dejé olvidado el móvil en el servicio de caballeros. Me di cuenta al volver a mi butaca junto a mi mujer, pero cuando corrí al servicio a buscarlo, había desaparecido. No recuerdo una sensación de pánico tan intensa desde que suspendí por cuarta vez el examen para el permiso de conducir. Mi esposa notó al instante que estaba níveo como un cadáver, y al decirle el motivo, me echó en cara que, por culpa de mi descuido, perderíamos la llamada que esperábamos del hospital sobre la intervención de mi suegra, sentada a su lado. Enseguida las oí a las dos cuchichear sobre mi torpeza, y poco después fue mi suegro quien se lamentó del vandalismo que impera en nuestra sociedad, en la que se van perdiendo, uno tras otro, todos los valores cívicos. Los últimos en reírse de mi desgracia fueron mis hijos, frente a quienes debí aparecer como un padre sin pene o cosa por el estilo. Al acabar el concierto, se me ocurrió pasar por la taquilla del auditorio, por si alguien había encontrado el maldito teléfono. Cuando me lo devolvieron, salí a la calle y, mientras recuperaba mi agenda y mis contactos habituales, me sentí el hombre más solo del mundo.

El poder

Cuando falló el segundo motor del avión de pasajeros y el aparato empezó a perder altura, el copiloto pidió la inmediata dimisión del comandante de la aeronave, a quien hacía responsable de la inevitable catástrofe. En su opinión, la prepotencia del piloto fue lo que le impidió reaccionar tras el fallo del primer motor, confiando en su habilidad para remontar la situación y demorando el protocolo de emergencia previsto en esos casos.

Por su parte, con el avión entrando en caída libre, el piloto hizo un llamamiento a la calma y denunció ser objeto de una persecución injusta. También acusó a su subordinado de no perseguir otro objetivo que hacerse con el poder a toda costa. Mientras tanto, una parte del pasaje se había amotinado junto a la cabina de vuelo y hubo que hacer uso de la fuerza para restablecer el orden. Los afectados protestaron, al considerar que las medidas para desalojarlos habían sido desproporcionadas.

Como era de prever, con el avión ya fuera de control, el cruce de acusaciones entre unos y otros, mezcladas con gritos de pánico, ganó en intensidad conforme se hacía visible la zona en la que todos ellos iban a estrellarse. No obstante, en un último intento de mirar hacia el futuro, se apeló a la necesidad de unir esfuerzos a fin de llegar a un acuerdo *in extremis*. Pero, incapaces de alcanzarlo, todas las partes decidieron finalmente volver a reunirse después del accidente.

El primer bebé del año

Aunque todas las miradas estaban puestas en la joven keniata, vencedora en la última edición y gran favorita para revalidar el título mundial, los rumores que situaban a la camerunesa en las primeras posiciones no eran infundados. En ausencia de las eslavas, temibles en los metros finales, y tras la decepción de la representante de Irlanda, que cayó en semifinales, el duelo parecía centrado en las dos matronas del continente africano.

Es decir que nadie contaba con la debutante de Canadá. Quizás por tratarse de una primeriza. O porque había roto aguas demasiado tarde. O porque el registro de sus contracciones no parecía inquietar al grupo de cabeza. Hasta tal punto pasaba desapercibida que cuando empezó a adelantar a sus rivales, muchos pensaron que iba de liebre y que acabaría abandonando la prueba.

Pero no sólo no abandonó, sino que en uno de los *sprints* más disputados que se recuerdan impuso su técnica a sus máximas competidoras, a las que venció en la misma línea de llegada por tan solo una cabeza de diferencia.

El trastero

Hace tiempo que mi mujer me dice que limpie el trastero. Le digo que sí, pero después me distraigo a propósito, como el camarero que olvida devolverme el cambio en el restaurante, esperando que me canse y me vaya. Así que no recuerdo cuándo fue la última vez que mi mujer se quejó de que ya no cabían más trastos y de que cuanto más tardara en decidirme, más trabajo me iba a costar. Siempre he sabido que tenía razón, porque conforme aquella habitación se iba llenando de enseres viejos o de dudosa utilidad, poco a poco iba dejando de formar parte de la casa.

Hoy me he armado de valor y he puesto manos a la obra. Rodeado de cajas de cartón y bolsas de plástico, he trazado un plan eficaz para deshacerme de todo en el menor tiempo posible. Aunque, a decir verdad, me está costando demasiado. Tanto, que al final he pedido a mi mujer que entre también y me ayude en la tarea. Me ha dicho que sí, pero luego parece que se ha distraído a propósito. Entonces me han entrado escalofríos, porque recuerdo que cuando es ella quien paga la cuenta en el restaurante, siempre da el importe exacto.

Emoticonos

Mi novia y yo nos escribimos por el móvil con frecuencia. Es nuestra forma habitual de estar en contacto. Intercambiamos mimos, requiebros, frases de amor. Ella es más ágil que yo en el manejo de las teclas, más abierta a las innovaciones. Yo soy más torpe, más desaplicado. De buen principio, empezó a usar emoticonos para dar color a sus mensajes. En lugar de decirme «te amo», me mandaba unos labios encendidos. Si estaba contenta, una cara sonriente. Si estaba triste, la misma cara, pero a punto de echarse a llorar. Su forma de darme la razón eran unas manos aplaudiendo. Si quería contradecirme, una sola mano con el pulgar hacia abajo.

Una vez quise probar yo también y le envié un personaje alzando la mano derecha, para decirle «hola». Me respondió con una cara vomitando, porque no le gusta el saludo fascista. Pensé que algo le había sentado mal y le hice llegar el dibujo de una enfermera para que buscara remedio. Ella creyó que la engañaba con otra y recibí los cuernos. Luego nos cruzamos el zurullo, la taza del váter, el desatascador y el bate de béisbol. Por un tiempo dejamos de hablarnos, pero en el fondo nos queremos mucho. Hoy me ha escrito de nuevo, diciendo «te amo».

En busca de Proust

La tienda se llenó enseguida de una marabunta indisciplinada y chillona. La profesora era nueva en la escuela y revolucionó a aquellos chavales con métodos poco usuales. En cuestión de minutos me dejaron sin magdalenas, porque, al parecer, las necesitaban para un trabajo escolar. No me atreví a preguntar qué harían con ellas. Luego me enteré de que pretendían experimentar cierta sensación relacionada con una novela de Proust. No supe de quién demonios hablaban.

Pero hoy ha venido un señor al geriátrico a visitar a su madre. Al verme solo en un rincón, me ha dado un trozo del bizcocho que traía consigo. Nada más probarlo, he sabido que fue él quien aquel día se marchó sin pagar.

Érase una vez

«Érase una vez un pobre leñador que vivía con su hija una vida feliz y saludable en una cabaña del bosque». Así empezaba el cuento que cada noche explicaba el rey a la princesa, que siempre se quedaba dormida sin conocer el final, ante un argumento que no despertaba en ella el menor interés. Pero al rey le gustaba mucho, pues soñaba que, mientras nunca pasara nada en ese tipo de historias, él seguiría siendo el rey de verdad, y no el personaje de un cuento infantil, que un pobre leñador explicaría cada noche a su hija para que olvidara el hambre y se durmiera, mientras soñaba que algún día llegaría la revolución.

Himnos

Es la primera vez que el jefe de Estado de un país extranjero visita nuestra tierra. En medio de una expectación sin precedentes, el primer ministro ha ido a esperarlo directamente a la escalerilla del avión, con un séquito de autoridades militares y personalidades del mundo de la política, deseosas de presentarle sus respetos. A continuación, tal como manda el protocolo, los dos mandatarios pasan revista a una compañía de la guardia nacional en uniforme de gala, que les rinde honores en la misma pista de aterrizaje.

Luego, desde una pequeña tarima flanqueada por las banderas de los dos países, asisten a la interpretación de los himnos nacionales. En primer lugar, el himno extranjero, que el insigne visitante tararea en su idioma con la mano derecha a la altura del corazón, resalta las virtudes singulares de aquella nación irrepetible, bendecida por los dioses, que siempre la han protegido de toda la chusma de malnacidos que han querido conquistarla en el pasado, y de los cuales no queda hoy rastro ni memoria. A continuación, el himno local, que el primer ministro corea con idéntico entusiasmo, promete pasar a cuchillo a cuantos miserables se atrevan a profanar las sagradas fronteras de nuestra patria, nacida al amparo de la gloriosa revolución de nuestros antepasados y llamada a alcanzar las gestas más inabarcables.

Una vez concluida la solemne interpretación, ambos políticos prosiguen encantados su histórico y pacífico encuentro, como si nada.

Homenaje a Groucho

Miraré con recelo el catálogo de obras de la editorial que se atreva a publicar mi libro.

Ilusionismo

El juicio mediático contra el personaje del momento acapara las portadas de la prensa escrita. Es la noticia del día, y la opinión pública se congrega frente a un hipotético mago que mete a su ayudante en un estrecho baúl y empieza a atravesarlo con espadas. Algunos medios sólo informan de la situación, pero otros no disimulan su alborozo por el simple hecho de que se abra la causa procesal. Y es verdad que la cara de la bella ayudante del mago permanece incólume mientras el filo de las espadas penetra por doquier. Pero cuando el Ministerio Fiscal concluye su exposición, todo indica que la sentencia será condenatoria. No obstante, durante el turno de la Defensa, algunos medios enmudecen de forma inexplicable, mientras el mago va sacando las espadas del baúl y las portadas de los periódicos desvían la atención hacia otro tipo de intrigas y desastres naturales. Una parte de la audiencia ve culpable al acusado con la misma contundencia con la que se pide un penalti. Son los que esperan ver descuartizada a la ayudante del mago. Son los que, en caso de absolución, en lugar de ensalzar la labor de la justicia, pedirán a gritos que salga de una vez el domador de leones.

Instrucciones para un suicidio

Cuando esté a punto de saltar al vacío, irán apareciendo en su mente todos aquellos sucesos que habrán dado paso a esa fatal decisión. Metas inalcanzadas, decisiones erróneas, desengaños, o simplemente mala suerte. Toda esa argumentación, tan oportuna, tendrá por objeto darle el pequeño empujón que necesita para poner fin a su existencia en pleno uso de sus facultades mentales, y no de manera inconsciente o fruto de un descuido imperdonable. También conviene asegurarse de que su suicidio genera una expectación considerable por parte de la concurrencia. Un número importante de transeúntes abducidos por la amenaza y posterior consumación de un suceso trágico, que no podía dejar indiferente a nadie. Así como elegir un edificio emblemático cuya fachada quede bien en el telenoticias. En el momento crítico de vencer la inercia y dejarse caer, usted sabrá con certeza el significado de la palabra 'irreversible'. También comprobará el curioso parecido entre la salida del útero materno y el primer cachete en las nalgas. Pero ahora ese breve trayecto no vendrá seguido de un llanto sin lágrimas como acuse de recibo. Por ello, procure elegir un día lluvioso.

Invasión

Empecé a darme cuenta casi por casualidad. De un día para otro me crucé con gente extraña en la calle. En apariencia se comportaban como siempre, pero algo había cambiado. Me miraban diferente, hablaban entre ellos como si estuvieran de acuerdo. Me alarmé de verdad cuando esa misma sensación la tuve con amigos íntimos, incluso con familiares: no eran los mismos que yo conocía; parecían responder a un patrón distinto, obedecían nuevas directrices. No tardé mucho en ver signos externos por doquier: en vallas publicitarias de la vía pública, en anuncios de la televisión. Incluso en el atuendo de la gente, a través de enseñas y consignas visibles en la ropa.

Más adelante comprobé que la metamorfosis se producía de manera inconsciente sin que el individuo hiciera nada, salvo consentir. Para entonces yo había podido conectar con un pequeño grupo de irreductibles, que nos comunicábamos en secreto. Pero el círculo se ha ido estrechando y cada vez quedamos menos. Tratamos de pasar inadvertidos, de mezclarnos con la multitud sin despertar sospechas. Esquivamos preguntas, porque es entonces, al dar una respuesta, cuando todos descubren que aún no sabemos hablar inglés.

La antigüedad

«La actitud de un hombre suele conducirle,
en cierto sentido, al modo en que va a ser su vida».
Mulholland Drive, de David Lynch

En el escaparate de la tienda de antigüedades había un solo mueble: una cómoda de estilo victoriano, seguramente de mediados del siglo XIX, en madera de caoba con incrustaciones en hueso. Pensé que quedaría bien en el dormitorio, al que daría un toque clásico elegante, en contraste con la informalidad del entorno. Cuando entré a preguntar su precio, un anciano me explicó que era una pieza exclusiva, propiedad de un rico barón inglés, que tuvo que subastar sus bienes para pagar a un buen abogado que lo defendiera en un juicio por asesinato. También averigüé en qué cajón guardaba el arma del crimen y que la víctima fue la esposa infiel del barón, quien al final fue declarado culpable y condenado a morir en la horca.

Satisfecho con la explicación, me hice con aquella costosa y exótica reliquia, convencido de que también le gustaría a mi mujer. Pero hoy, al pasar de nuevo frente a la tienda, he visto el escaparate ocupado por un mueble de idénticas características. Con evidente disgusto, he entrado a preguntar su precio. Me ha atendido una chica joven, de incontestable belleza, de la que me he enamorado al instante.

La apuesta

Aposté con mis amigos a que podía colarme en la boda de unos desconocidos y acreditar mi hazaña con una foto junto a la novia. Esa idea me venía rondando por la cabeza desde que, en esos eventos multitudinarios, solía comprobar que entre las familias de los nuevos esposos no había la menor relación. Como si el azar hubiera dispuesto la feliz coincidencia de dos universos que, de otra forma, jamás habrían entrado en contacto. Lo único que tenía que hacer era vestir con elegancia y, a la salida de la ceremonia nupcial, preguntar a cualquiera de los presentes dónde se celebraba el banquete. Una vez allí, localizar a alguna chica soltera y pedirle ser su pareja, sólo para posar en la foto. O a un grupo de amigos que no tuviera reparo en acogerme para la ocasión. A lo más que me arriesgaba era a que me preguntaran si venía de parte del novio, o de la novia.

Ahora recuerdo aquel lance con jactancia, pero a la vez con desasosiego. Porque gané la apuesta y, de forma inverosímil, entré a formar parte de un círculo que me atrapó en sus redes. Pero también perdí a mis amigos, que no orbitaban en la misma esfera. Y es que el azar se encarga siempre de hacer cumplir nuestro destino.

La bomba

El hallazgo de una bomba de la guerra civil, enterrada en una plaza del barrio, sacude de golpe el festivo sopor de una tarde de sábado. La pregunta unánime sale de las casas con lo puesto: ¿cuántos años han vivido con aquella amenaza bajo sus pies?

Detrás del cordón policial de rigor, y al margen de la labor de los artificieros, los vecinos empiezan a opinar. Unos: «Hay que hacerla explotar de inmediato para que su recuerdo se desvanezca con la misma rapidez». Otros: «Mejor desarmarla y convertirla en monumento, como testimonio de la muerte que pasa de largo». Más de un comerciante de la zona está de acuerdo con esto último: «La bomba es patrimonio del barrio y puede atraer al turismo».

Pero pronto la disputa da paso al enfrentamiento, porque debajo de un debate tan estéril subyacen rencillas nunca olvidadas, roces absurdos, problemas de convivencia semiocultos con el paso del tiempo, que la excusa de la bomba desentierra también.

Por ello, cuando al final vuela en pedazos, unos lo celebran como si hubieran sobrevivido a una catástrofe. Otros, en cambio, conscientes de que la explosión echa por tierra sus castillos en la arena, vuelven a sus casas sin ocultar su desconsuelo.

La cadena

«Si envías sin demora este mensaje a diez personas conocidas, recibirás en los próximos días buenas noticias relacionadas con tu salud y tu situación económica. Hazlo ahora y no te arrepentirás. Un hombre a quien acababan de despedir de su trabajo mandó el mensaje y a la vuelta de la esquina halló un billete de lotería que cambió su suerte para el resto de su vida. No interrumpas el contacto, no pongas a prueba los designios del destino. Otro sujeto hizo caso omiso y su mujer se largó con un rico millonario que, curiosamente, acababa de recibir un premio de los grandes. Manda este mensaje ahora, es tu oportunidad. La mujer que había puesto los cuernos a su marido recibió el mismo mensaje al cabo de un tiempo. Lo volvió a enviar y su nuevo consorte murió de un infarto fulminante, con lo que ella heredó toda su fortuna. El poder está en tus manos, no lo desaproveches. Si el mensaje da la vuelta al mundo y regresa a ti, la cadena estará cerrada y extenderá su influencia benéfica a todos sus eslabones. Por eso no debes romperla. Yo lo hice una vez y perdí a mi mujer, que se largó con el millonario. Cuando reciba de vuelta este mensaje (ya verá entonces la muy zorra), tendré los medios que necesito para encontrarla y darle su merecido».

La capilla

La familia hubiera preferido una ceremonia en la intimidad, pero no pudo evitar que tres dotaciones del cuerpo de bomberos se desplazaran a la capilla ardiente.

La declaración

El anuncio de que su chico quería por fin hacer una declaración la llenó de entusiasmo. Hasta entonces lo había juzgado en rebeldía por su actitud indolente y por su falta de colaboración con todo lo que se encontraba en juego. Y lo hallaba culpable después de acumular pruebas en su contra sin que el muchacho aportara nada en su defensa. Por ello, aunque en presencia de testigos él se había declarado inocente de todos los cargos, fue finalmente condenado a contraer matrimonio.

La librería

A Sylvia Espinosa

Se invitó a todo el mundo a la inauguración de la nueva librería. Si la respuesta hubiera sido la esperada (proporcional al número de tarjetas enviadas), el aforo del local habría resultado insuficiente. Se invitó incluso a las otras librerías de la ciudad, que vieron en ese gesto un detalle de soberbia, una provocación innecesaria. Estaban equivocadas: el nuevo establecimiento no era un rival, no amenazaba para nada su cuota de mercado, no venía a competir, sino a complementar. Aun así, nadie acudió a la presentación; ni las autoridades, ni la prensa, ni el público en general. No obstante, el negocio se puso en marcha y, como por ley natural, aparecieron los clientes. Al principio eran estudiantes distraídos, transeúntes ociosos, alguna pareja de enamorados en una tarde de lluvia. Poco a poco fue llegando más gente a contemplar los inmensos anaqueles llenos de libros vacíos. Hasta que un día entraron los autores. Primero, disimulando, a consultar obras ajenas; luego, ya sin pudor, a interesarse por las propias. Tiempo después, cuando la tienda ya no llamaba la atención en el barrio, se supo al fin que aquella singular librería de libros aún no escritos había venido para quedarse.

La luna

La veía al otro lado de la cristalera del bar, situado frente a la parada del bus que yo cogía cada mañana. Ella se movía de un lado a otro detrás de la barra, sirviendo café y bocadillos a una muchedumbre que a esa hora llenaba el local. No me costaba nada entrar y pedir cualquier cosa para entablar contacto, pero preferí hacerlo a través de la luna que nos separaba. Escribí «aloh» con mi barra de labios color fresa, procurando que no se diera cuenta. Supuse que lo leería antes de salir a limpiar aquel escaparate en el que aparecían, pintadas sin demasiado arte, las especialidades de la casa. Al día siguiente, ella debió escribir «sóida» desde dentro, con un *lipstick* morado mate. Yo reaccioné dibujando «apaug». «Atnot», me respondió. Eso me dio esperanzas, y a partir de entonces la luna transparente fue testigo mudo de aquel singular duelo de pintalabios. Yo le decía «roma» y ella «oesed». Después le hice saber que me llamo Anele. Ella se presentó como Eneri. De ahí pasamos a palabras lascivas, de trazo cada vez más pequeño y tembloroso, que ocultábamos en los extremos del enorme ventanal.

—Soy yo —le dije el día en que, por fin, quise entrar a conocerla.

—¿Éfac? —me contestó.

La papelera

Entré en aquella tienda de artículos raros y me fijé en una papelera sin fondo que, al parecer, se hallaba a la venta como objeto decorativo. Sin embargo, el vendedor me aseguró que, además, tenía el poder de hacer desaparecer cuanto caía en su interior. Yo pensé que bromeaba, pero vi que era verdad cuando quise probarla en casa, echando papeles y objetos de escritorio. Aunque luego aparecía todo en el desván como por arte de magia, sin nada que lo explicara. Probé incluso con mi gata, que se llevó un susto de muerte.

Tras mi desconcierto, se me ocurrió que podría llevarla conmigo a todas partes, colar con disimulo en su interior lo que quisiera y hallarlo a buen recaudo a mi regreso. Así lo hice, y en poco tiempo acumulé tanta riqueza en mi refugio secreto que apenas podía abrir la puerta de acceso. Hasta que un día las cámaras de seguridad de una joyería me delataron y tuve que huir. Y cuando huir no fue suficiente, no vi otra salida que meterme yo mismo en la papelera para evitar que me cogieran.

Desde entonces, estoy prisionero en mi pequeño desván, casi enterrado en el botín de mi propia avaricia, esperando que lo que tenga que caer acabe de cubrirme del todo.

La tertulia

A la memoria de Anton P. Chéjov

Se hizo un silencio embarazoso cuando aquel individuo entró en el bar y fue a la barra a pedir una cerveza. Corrían rumores de que había leído a Fulano. «¡Vaya tío!», pensamos todos. Nos quedamos mudos en la tertulia y sólo nos atrevimos a mirarlo cuando nos dio la espalda. No recuerdo de qué hablábamos en aquel momento; seguramente de algo sin interés. Nos reuníamos después de comer y pasábamos revista a temas de actualidad. Tarde o temprano acabábamos discutiendo porque, aunque nos conocíamos desde pequeños, cada cual leía a sus autores favoritos y ello condiciona la forma de pensar. Entonces alguien propuso que invitáramos al desconocido a sentarse con nosotros. «¿Estás loco? ¿No sabes que ha leído a Fulano? ¡Nos va a dar un repaso a todos!» Pero lo cierto es que se notaban de lejos las ganas de conocerlo. Por fin decidimos dar el paso y le invitamos a una ronda. Poco antes habíamos acordado no hablar de Fulano para no quedar en evidencia. Y fue quizás ese afán por esquivar ciertos comentarios lo que disparó nuestra locuacidad, hasta el punto de que, sólo cuando más tarde el hombre se despidió de nosotros, nos dimos cuenta de que apenas le dejamos abrir la boca.

La tienda

Cuando empezó la epidemia, al anciano se le dibujó una sonrisa en el rostro, como si sacara el polvo a un mueble antiguo y este desvelara su belleza exótica, olvidada en el tiempo. Su mujer trató de frenar tanto optimismo: «No te hagas ilusiones, cariño. Eso no va a suceder». Pero él, después de haber sufrido la crueldad de una guerra civil y su posterior hambruna, llena de miseria y rapiña, sabía muy bien cómo las gasta la gente en general y los vecinos de su barrio en particular. Las llamadas al orden habían dado paso al estado de alarma y, más adelante, al toque de queda en las calles. Aun así, después de que se acabaran los víveres en los mercados, llegaron los saqueos. A la tienda de electrodomésticos siguió la de moda y complementos; luego la ferretería y el almacén de pinturas; ni siquiera la agencia de viajes se libró del vandalismo. El hombre había previsto este acontecer en su póliza de seguros y aguardaba el abordaje de la chusma con la serenidad de un estoico. Pero fue en vano. Cuando todo acabó y las aguas volvieron a su cauce, invisible como uno más de sus preciados objetos, el anticuario siguió sentado en la penumbra de su tienda, esperando que alguien entrara.

La trinchera

En una de aquellas frías noches de enero a un soldado le dio por tocar el violín. Algunos de sus camaradas ni siquiera sabían que supiera tocar, ni que llevara consigo el instrumento, cuyas notas aliviaban el pesar de la contienda. A la noche siguiente se le unió un clarinete, salido igualmente de nadie sabe dónde. Y el dúo se acoplaba tan bien que pronto privó del sueño a la mayor parte de la tropa, motivo por el cual durante el día se apreciaba un notable descenso en la eficacia militar. Pero, al ponerse el sol, todos se alegraban de que los músicos siguieran allí para amenizar la velada. Así que, cuando más adelante se les sumó un acordeón, ya nadie se extrañó de que lo tocara el enemigo. Y claro, como cada vez dormía menos gente en ambos bandos, la guerra de trincheras pasó a ser un ejercicio de tiro al blanco sin premio para nadie. En cambio, el ocio nocturno ganó en intensidad y en primavera dieron comienzo las sesiones de baile. Al llegar el otoño, las lluvias aguaron la fiesta y en invierno volvieron las noches estériles. En una de ellas, a alguien le dio por liarse a tiros con los de enfrente, cuando algunos casi habíamos olvidado que sabía disparar.

Libro de visitas

«Nuestro más sentido pésame de parte de la comunidad de propietarios».

«Un emocionado recuerdo de la 22ª promoción de antiguos alumnos».

«Afectados por esta desgracia, tus colegas del centro excursionista».

«El comité de empresa, en representación de toda la plantilla, da el pésame a la familia».

«Te echaremos de menos en el equipo de dobles, campeón».

«Consternados por la pérdida de un gran hombre de empresa y mejor amigo».

«Siempre en nuestro corazón, tus amigos del casino».

«Mis condolencias en nombre propio y de todo el consistorio municipal».

«Un abrazo a la esposa y demás familia de tan destacado benefactor de la parroquia».

«Adiós, amor mío. Siempre seré tu puta. Tuya y de nadie más».

Mi primera vez

A mí no me diseñaron para soportar aguaceros, pero los soportaba con resignación si el premio era yacer después en el paragüero del Café Central. Allí le conocí: era robusto, con el eje y el mango de madera, y una envergadura tan exuberante que, a su lado, un pobre paraguas plegable como yo parecía aún más enclenque. En varias ocasiones enjuagué mi caladura al contacto con su tela impermeable. Hasta que un día su propietario, quizás sin darse cuenta, lo hundió en mis entrañas. Aquello me rompió y mi dueña se deshizo de mí, pero, al menos, conocí el amor.

Pim, pam, pum... ¡Fuego!

En la víspera de su ejecución, el preso tiene pesadillas. La crisis galopante que sufre el país, y que afecta a todos los estratos de la sociedad, ha llegado también al mundo de la justicia. Los tribunales carecen de medios y amenazan con suspender las vistas en curso y las causas pendientes. Quién sabe, de haber cometido su crimen un poco después, el reo convicto y confeso gozaría ahora de la más completa libertad. Pero si todavía no han abolido la pena de muerte, al menos es verdad que los últimos recortes han dejado sin munición al pelotón de fusilamiento. Aun así, la sentencia es de rigor. De manera que, a la hora convenida, el preso se coloca frente al paredón con los ojos vendados. «¡Preparados, listos!», grita el oficial a los soldados, que apuntan con sus armas al condenado. «¡Fuego!», exclama, y todos dicen: «¡Pum!» Entonces, el reo cae al suelo y enseguida abre los ojos pensando que ha subido gratis al paraíso. Pero es el capellán quien lo despierta del sueño, y le dice que será mejor que se prepare porque ha llegado su hora.

Podio

Para cuando la comisión contra el dopaje hubo descalificado al corredor que cruzó la meta en tercer lugar, el cuarto clasificado estaba ya en su país de origen. Allí recogió, de manos de un funcionario del Ministerio, la medalla de bronce que le correspondía al quedar automáticamente en tercera posición. Con el dinero que obtuvo por la medalla en una casa de empeño, compró una botella del mejor vino que pudo conseguir. Dispuso tres sillas en el salón de su apartamento. Se subió a la de la izquierda y, con el último sorbo, pudo al fin escuchar los merecidos aplausos.

Sabio consejo

—Créame —dijo el editor de manera tajante, mientras me devolvía el manuscrito lleno de garabatos pintados con tinta roja—, si usted se llama Juan Ramón Jiménez, se las publicarán todas sin ningún problema, con el beneplácito de la crítica especializada y la complicidad de los lectores, que incluso las convertirán en icono de una saludable y revitalizadora transgresión del lenguaje. Pero en caso contrario —insistió el hombre— tanto si las comete *inconcientemente,* como si las usa para *esplicar* de manera trasparente su punto de vista, *vijile* usted sus faltas de ortografía, o despídase de hacer carrera como escritor.

San Jorge y el dragón

Cuando el grupo de teatro aficionado inició los ensayos de *San Jorge y el dragón,* para recrear el enfrentamiento de un osado caballero con la bestia que se disponía a devorar a una princesa, se detectó cierto malestar entre los figurantes que debían interpretar al pueblo, llamados a celebrar con vítores la salvación de la hija del rey, después de que otras doncellas, menos afortunadas, hubieran sucumbido sin que nadie intercediera por ellas. Conforme los actores aprendían su papel, la tensión iba en aumento, pese a los intentos del director de hacer ver que aquello era sólo un montaje escénico basado en una leyenda medieval. Al final, tras un motín que secundó todo el elenco, se decidió que la única forma —sensata y democrática— de representar el drama en la época actual era dejar abierto el desenlace, y proponer que el público asistente votara en referéndum si el caballero daba muerte al dragón y se casaba con Su Alteza, o bien pasaba de largo. Y fue tal la expectación creada en torno al estreno de la obra, que al clamor de aquellos que querían que fuera prohibida se sumó el de los que no pensaban perdérsela por nada del mundo.

Sin perdón

El jinete ha cabalgado toda la noche a lomos de su bravo corcel de pura sangre. Ha salido cuando el sol se escondía tras las altas montañas y se ha dirigido hacia el sur, siguiendo el curso del río con la intención de vadearlo donde la corriente no supone una amenaza. Más adelante, con la luna proyectando su sombra sobre las rocas escarpadas, se ha adentrado por una espesa cañada y después ha bordeado las dunas hasta llegar al cruce de caminos por donde pasa la diligencia. A partir de aquí, ha tenido que lanzar su caballo al galope y cruzar el valle como un relámpago, para evitar un posible ataque de las tribus locales.

El sol salía por el horizonte cuando el jinete ha llegado al pueblo donde vive su enamorada. Pero a esta hora no hay nadie en la calle, salvo un perro vagabundo que ha olido la llegada del forastero, quien avanza lentamente como si fuera un fantasma y se detiene frente a la cantina del lugar. Desmonta con dificultad y nota que las piernas le tiemblan, y que un intenso dolor en la base de la espalda le impide mantenerse derecho. Así que se deja caer pesadamente sobre el portal y cierra los ojos, completamente agotado, mientras jura que nunca más, ni por su amada ni por nadie, volverá a hacer una tontería semejante.

Vacaciones en familia

Por la mañana bajamos a la playa, sacamos las raquetas y peloteamos en la arena hasta la hora de comer. Por la tarde subimos al club de tenis y nos bañamos en la piscina.

Y

Cuando me dijeron que asumiría la función de conjunción copulativa, imaginé cualquier cosa menos acabar sola entre dos palabras.

Índice